복합상징시기획시리즈 · 6

행복배터리

배련희 詩集

 중국조선족복합상징시동인회

행복배터리

눈뜬 퍼즐들의 변신술

중국조선족복합상징시동인회 회장·김현순

인류의 역사는 미지의 세계를 개척하는 열쇠 찾는 과정이라고 말할 수 있겠다. 인류는 현존 세계에 안주하지 않고 부단히 새로운 경지 개척에 모질음 써 왔다.

새로운 세계 구축을 위하여 인류는 기성된 율(律)에 대한 파괴, 해체의 작업을 거친 후 다시 새로운 재조합을 하게 된다.

세상을 이루는 모든 물상 또는 현상 들은 매 하나의 퍼즐에 불과하다. 색다른 퍼즐들을 한 무더기 모아 놓고 이리저리 조합하다 보면 전혀 생각지 못한 형태들이 엉뚱하게 만들어지기도 한다. 그리고 그것이 눈에 거슬리지 않고 아름답게 느껴진다면 그 조형물은 예술로 승화된 것이다.

그것은 당사자의 주관적 이념을 떠나 신들린 퍼즐들이 손잡고 만들어낸, 무의식 흐름 속 질서 잡힌 영상(映像)들의 조합이기 때문이다.

세상을 구성하고 있는 퍼즐들의 조합, 그것의 부동한 표현형태를 빌려 화자는 자신의 영혼 경지를 보여준다. 사람마다 남다른 자신의 경지를 보여주기 위하여 퍼즐 맞추기에 분주한 삶을 산다.

불교에서는 세상 모든 것을 연(緣)으로 해석하고 있다. 복합상징시에서 등장하는 물상들은 각기 하나의 퍼즐로서 그 존재는 이미 보이지 않는 연줄에 의해 한데 관통되어 있다.

가령 시인이 시를 쓰기 전 뇌리 속에 여러 가지 영상들이 떠올랐다면 그 영상들은 이미 내적 연계를 가진 집합체이다. 그것은 무엇 때문인가? 답은 아주 간단하다. 수많은 영상들 가운데서 하필이면 그러한 것들만 떠오를 때 그것들은 이미 고도로 팽창된 정서(情緖)의 산물이기 때문이다.

이제 시인이 해야 할 일은 그렇게 떠오른 영상들을 변형시켜 능동적 가시화 작업을 거치는 것이라고 말할 수 있다.

변형이란 말 그대로 형태를 다르게 바꾸라는 말이다. 변신이라는 것도 몸의 형태를 다르게 바꾼다는 말이니, 결국은 변형과 변신은 같은 말이 되겠다.

그런데 왜 시를 쓸 땐 꼭 변형이 필요한 것인가. 인간 삶이 그것을 요구하기 때문이다.

위에서도 언급했지만 인간은 늘 현존의 세계에 만족을 느끼지 못하며 부단히 수수께끼 같은 미지의 숲을 파헤치기를 즐긴다. 또한 그러한 인간본성이 세상의 발전을 꾀해 나가고 있는 것이다.

복합상징시는 인류에게 언어문자로 펼쳐 보이는 신성한 미지의 수수께끼라고 말할 수 있다. 수수께끼를 푸는 방법 또한 각자 나름이겠지만 다 풀고 나면 그로부터 오는 즐거움 또한 적지는 않을 것이다.

타인에게 쉽게 발각되지 않으려고 마음을 영상으로 포장하여 세상에 펼쳐 보이는, 신사적인 자세가 복합상징시의 골수(骨髓)라고 말할 수 있다. 포장은 하되 아름답게 하여 자극의 극치를 끌어내는 것이 최종 목표이기도 하다.

배련희 시인의 시집 「행복배터리」는 바로 상기 복합상징의 제반 특성들을 잘 살려낸 한 권의 수작(秀作)시집임에 틀림없음을 인정하면서 구체적 작품세계를 파헤쳐 보기로 한다.

꽃잎 포개 사랑했던
향낭(香囊)의 보랏빛
짙어가는 그리움 얼굴 파고든다

연분홍 속치마 파르르 내밀던 봄바람의 손
봉숭아 순정의 눈빛으로
한 자락 바다 집어 들며
하늘 한 귀퉁이
물들여 간다

소나타 귀갓길
애틋함 깔고 지나며
아름다움
영원 엮어 핏줄 만든다

　- <가을 저편 너머> 전문

　위 시에서는 가을을 맞으며 성숙으로 가슴 열고 서 있는
화자의 자세를 그려 보이고 있다. 시에 어떤 내용 또는 정
서를 담았는가는 세상과의 공감대 울림에 있어서 직접 관여
가 된다.

　하지만 시에서의 내용 내지 정서는 사람마다 대동소이한
것이기에 거기에서 특별히 남다른, 아름답고 고상한 것을
골라내어 메가폰 들고 선전하는 것이 아니다.

　시는 어디까지나 형상으로 그려 보이는 예술이기에 화자
는 내용 내지 정서를 어떻게 묘한 상징으로 펼쳐 보이는가
하는 데 공력을 들여야 할 것이다.

　묘한 상징은 어떻게 이루어지는가. 그것은 오로지 영상들
의 변형에 의해서만 가능한 것이다.

　위 시 첫 연에서는 '꽃잎 포개', '그리움 얼굴 파고든다'
등으로 표현함으로써 가시화(可視化)의 목적을 달성하고 있
다. 더욱이 그리움은 추상적인 상관물인데 '얼굴 파고든다'
라는 표현과의 결합 속에서 형상적인 상관물로 변신하여 완
전 가시화의 효과에 도달하였다.

　두 번째 연에서 '봄바람' 역시 추상적인 상관물이지만 화

자는 "연분홍 속치마 파르르 내미는… 손"이라고 하여 형상적으로 안겨오게 하였으며 또 봄바람의 손이 "한 자락 바다 집어 들며/ 하늘 한 귀퉁이/ 물들여 간다"라고 상상의 공간을 크게 넓혀 주었다. 상상해 보자. 손이 바다를 집어 든다, 손이 하늘 한 귀퉁이 물들여 간다. 그렇다면 손의 크기는 얼마나 될까. 손에 비하면 바다거나 하늘은 미비한 존재일 수밖에 없다. 참으로 놀라운 상상력으로 펼쳐 보인 화폭이 아닐 수 없다.

　　그리움 연 날린다
　　머리 위로 나는 새들의 윙크
　　구불구불 산길이
　　미소 받쳐 올린다
　　언뜻언뜻 낯익은 운동장
　　추억의 빨랫줄 나붓거리고
　　감미로운 동년의 그림자
　　귓등 간지럽힌다
　　스르르 풀린 이야기보따리
　　간밤 뭇별 또렷하던
　　흉허물 벗기니
　　아침해 철렁 그물에 걸려
　　찰랑찰랑
　　잔 비워 간다

　　- <행복배터리> 전문

　본 시집 표제작품이기도 한 이 시에서 화자는 자신의 경지를 어떻게 펼쳐 보였을까.
　사색을 멈추지 않는 생명의 연장선엔 수많은 환각들이 구름처럼 언뜻언뜻 스쳐 지나게 된다. 화자는 그 속에서 정서에 알맞은 영상들을 거머잡고 그것들을 다시 변형시켜 퍼즐 맞추면서 능동적 가시화 처리를 해 나갔다.

시 <행복배터리>에서 화자는 장면들의 조합으로 정체를 이루어 내는 기법에 의하여 시적 구도를 짜고 심상(心象)을 변형시켰다.

이 시에서 매 하나의 장면은 하나의 영상이며 그 영상을 이루는 시어들의 조합과정은 퍼즐 맞추기에 해당하다고 봐야 할 것이다. 글자와 글자, 단어와 단어의 조합은 기성관념의 벽을 부수고 새롭게 조합시켜야 생신한 조형미를 창조해 낼 수 있는 것이다. 그런데 퍼즐 맞출 때 주의할 점은 전반 시에 흐르는 정서의 빛깔과 냄새, 맛에 알맞게 변형시켜야 한다는 것이다.

이 시에서 등장하는 물상들을 보면 '그리움, 새, 산길, 운동장, 빨랫줄, 그림자, 보따리, 아침해' 등이다. 그런데 이 물상들은 사람처럼 변인화되어 움직인다. 잠간 살펴보기로 하자.

그리움: 연 날린다
새: 머리 위로 윙크 날린다
산길: 미소 받쳐 올린다.
운동장: 언뜻언뜻 낯익다
빨랫줄: 추억 나붓거린다
그림자: 귓등 간지럽힌다
보따리: 이야기 풀고 별들의 흉허물 벗긴다
아침해: 그물에 걸려, 잔을 비운다

이렇듯 이 시는 매 하나의 물상마다 살아 꿈틀거리는 영상으로 둔갑시켜 강한 자극을 안겨줌으로써 흥분의 극치에 도움을 주고 있다.

한 수 더 들어 보기로 하자.

그리움의 교향곡

낮과 밤 반죽한다
어둠의 장막 찢으며
낙하하는 폭포
눈물이 사품치며 흐른다
갈매기 울음소리
애절한 번지들의 점프
노 젓는 쪽배 한 척이
뭉클한 가슴 한 됫박 안고
고슬고슬 밥 지으며
그리움 갈아 먹는다

  - <석탑 · 3> 전문

　시를 쓰다 보면 가끔 독자들이 고개 갸웃하는 현상에 직면하게 되는데 그것인즉 "시의 내용과 제목이 왜 다른가"이다.
　가령 꽃을 시제로 한 수 썼다고 하자. 제목을 <꽃>으로 하고 본문에서 꽃의 향기와 이파리와 줄기와 뿌리와 씨앗에 대해 상세히 쓴다면 일반 독자들은 대뜸 그 의미를 파악하고 흡족해할 것이다. 이에 해당하는 독자들은 많은 비중을 차지하지만 비교적 단순한 삶에 종사하는 부류로 봐야 할 것이다.
　하지만 제목을 <꽃>이라 하고 본문에서 꽃에 대해서는 일언반구도 없고, 고스란히 살다 간 한 여인에 대해 썼다면 그것은 상징적 표현이기에 트로트를 즐기는 대중들에겐 크게 환영받지 못할 수도 있다.
　예술이란 높은 경지에 오를수록 독자군이 적어진다는 것은 이미 자명한 이치이므로 여기에서는 설명을 약하도록 하고, 배련희 시인의 시 <석탑 · 3>이 보여주고 있는 구조적 특점과 정서 색감의 조화와 제목이 가지고 있는 의미를 해부해 파보도록 하자.

이에 앞서 우선 시는 현실 그대로의 스캔이 아니라 현실 세계로부터 현실 건너편 영혼의 경지를 다시 현실에 펼쳐 보이는 작업임을 꼬집고 넘어가야겠다.

석탑을 썼는데 왜 본문에서 석탑은 그림자도 보이지 않느냐고 질문하는 사람들은 석탑 뒤에 서 있는 석탑을 가려 볼 줄 모르기에, 눈뜬 소경임을 스스로 알고, 자신에 대한 충전(充電)에 애써야 할 것이다. 사람은 사람이로되 사람의 말을 알아듣지 못하면 초급단계에서 벗어나지 못함이리라.

인류사회에 문명이 개입되면서부터 인류는 상징을 배우고 활용하게 되었다. 예술의 한 형태인 시는 더욱이 상징의 집약도로서 이를 알아보는 데엔 지적인 혜안이 필요하다.

이제 다시 본론으로 돌아와서 배련희 시인의 <석탑·3>을 돌이켜 보자.

그리움이 낮과 밤을 반죽하고, 어둠이 장막을 찢는다. 낙하하는 폭포가 눈물 되어 사품치며 흐른다. 갈매기들이 처량하게 울고 쪽배 한 척이 풍랑 세찬 바다 위에 떠 있다. 채 익지 않은 쌀이 고슬고슬한 밥 되어 쉰내 나는 기다림을 씹는다…

이 시가 보여주는 정서적 이미지를 나름대로 떠올려 보았다. 이렇듯 장엄한 한 폭의 상징화가 보여주는 미적 감수는 무엇일까. 조화가 으깨지고 삶의 조롱 속에서 소박맞은 외로움과 고독의 깨달음, 그것이 이 세상에 석탑으로 우뚝 솟아 세월을 기억해 두는 것이 아닐까.

화자의 이런 경지를 보여주는 물상들의 흐름은 위에서도 언급했듯이 고도로 팽창된 정서의 기초에서 생성되는 환각에 의하여 비롯되는 것이다. 환각의 흐름 속에서 화자는 생각, 상상, 환상의 나래를 펼쳐 능동적 가시화의 효과에 도달하게 되는 것이다.

요컨대 환각에 입각한 상상, 환상의 작업과정은 낯선 표현으로 신성한 자극을 불러일으켜야 한다는 것이다. 상상과 환상은 변형을 불러오는 주된 요인이지만 그것들은 다시 환각의 흐름으로 전이되어 화자로 하여금 시의 경지에 빠져 끌려가게 한다.

　그리하여 시인이 시를 쓸 땐 시를 쓰는 것이 아니라 영혼의 가르침을 받아 적는 도구에 불과할 뿐이라는 설(說)도 일리가 있는 것이다.

　기성된 언어들의 연결성을 깨뜨리고 자유로운 낯선 조합으로써 퍼즐 맞추기에 열공하는 배련희 시인님의 시집 「행복배터리」의 출간을 크게 축하하면서 복합상징시의 신비로운 하늘에 반짝이는 샛별로 거듭나기를 진심으로 바라마지 않는다.

2020년 2월 20일

차례

행복배터리

가을 끝자락

기다란 고독 물고
가슴 적시는 밤비
나무의 깊은 상처
아픔 달랜다

어스름 달빛 밟으며
만삭으로 굴러 가는 비탈길
머리 위에 묵묵히
적막, 서리 내린다

우수수 단풍연주회
막 내리고
뭉클 하는 계절의
행복한 약속
마주 오는 뜨거운 숨결
향기 스크랩한다

시월의 경이로움에

이른 봄 기억 붙잡고
먼 곳만 응시하던 십자수
환상의 보금자리
빗장 여는 가을

어머님 향기
골목길 맴돌며 연 날리고
세월의 그림자
바다 속에 빠져든다

마음의 단풍잎
오솔길에 황금주단 펼칠 때
저녁노을 물든 액자
순간의 렌즈에
달콤한 미소 짓는다

배련희복합상징시집 · 행복배터리

가을 저편 너머

꽃잎 포개 사랑했던
향낭(香囊)의 보랏빛
짙어가는 그리움 얼굴 파고든다

연분홍 속치마 파르르 내밀던 봄바람의 손
봉숭아 순정의 눈빛으로
한 자락 바다 집어 들며
하늘 한 귀퉁이
물들여 간다

쏘나타 귀갓길
애틋함 깔고 지나며
아름다움
영원 엮어 핏줄 만든다

성에꽃

어젯날 지워버린 미련의 날개
창문가에 매달려
긴긴 겨울밤 덮어준다

마주 오는 바람이
뜨거워진 입김 들고
오르막길에 나란히
발자국 찍는다

달리는 하루
마주 잡은 두 손
지팡이가 떨리는 걸음 지킨다

검버섯 새기는 삶의 숨결이
또다시
오늘 끓여 녹인다

배련희복합상징시집 · 행복배터리

붉은 고추의 고백

땡볕이 벌떡
할머니 코 움켜쥔다
쿵 - 쿵 -
절구소리가
그리움 말려
가을편지 매어 단다

멀어져 가는 매미 울음
앗취, 앗취…
남겨 놓은 흰 구름이
숨 가쁜 계절 불러온다

그리움 가을 하늘에

숨 쉬는 뙤약볕
담담한 향기
애절함에 덧칠하고
조용히 시 읊는 가랑비
세월 꿰뚫으며
잔잔한 서정곡 연주한다

조각난 기억들
시간의 회전 속에 퍼즐 맞추며
미소 짓는 낙엽의
마지막 짙은 입맞춤
응시한다

가슴속 반짝이는 보석
스스로 익어가는 목소리 기다리다
따스한 노을에
이 가을 메이크업 마무리한다

추석에

보랏빛 그리움 넝쿨져
담벼락 넘으면
꿈속 찾아와 기도하는
눈부신 그림자

추억의 오아시스
방울방울
눈물 반짝이며
보슬비 내리면

소꿉시절 잔별
두 눈 깜박이고
허공 속 두툼한 앨범, 잡힐 듯
지척에 다가온다

시공 넘나들던
달빛의 꿈이야기
하프[竪琴]의 현에 내려앉아
조용히 옷깃 여민다

계절의 애수

차창 밖 헐레벌떡
스치는 가을
두고 가는 옛이야기
곡식 여무는 소리
코끝에서 전율
떠나는 아쉬움 타작하고
머리 위 무겁게 내려앉은 구름
소잔등에 애틋함
널어 말린다

방랑의 길에 이슬 젖은 꿈
연한 하늘빛 소리 듣고 싶어
이제 봄 오면
소똥 냄새 기웃대는 고향
길섶에
작은 소망 한 송이 피우리

가을연가

귓가에 매달려
파장 울림에 헐떡이는
시간의 메아리

기억의 마찰
또 한 번 만삭되어
새 생명 탄생한다

서서히 막 올리는 하늘빛
단풍든 수다 우수수 날리며
시간 속 깊숙이 사라지는 아버지
침묵의 해적선 올라탄다

가을이 성큼

끈질기던 그림자 떼어 놓으니
눈빛 그윽한 서쪽 하늘 선물 보낸다

뜨겁게 달군 포옹에 영그는 마음
정오의 오동나무 참빗질하고
메이크업 준비하는 쓰르라미
깊은 밤 소슬바람에 몸살 앓는다

돋보기에 기어오르는 마음의 턱
책갈피에 어른거리는 손거울 주름 다리며
또다시 신부의 화장함 아침을 연다

배련희복합상징시집 · 행복배터리

이 가을의 축가

조용히 타오르는 촛불 바라보며
케이크는 흘러간 미소 짓는다

축가의 주름에 마주 보는 동반자
마른 꽃잎 꽃다발 묶어
가을의 서정 연주한다

네 탈 내 탈 반죽하여 부푼 빵에
티격태격 소스 뿌리며
세상에 둘도 없는
오래된 세월의 발효 앞에

노을 속으로 타오르는 학의 깃
푸드득 날아오르는
세월의 찬가…

가을 담쟁이

꿈 만지며 기어오른다
벼랑의 등
무성함 황홀하다

살얼음에
장작 피워 올리며
타오르는 숨결
가락이
사명 엮어 그물 짠다

응어리 피고지
봄꽃으로 태어난 계절
시작의 윤회 읽으며
노을이
소망 그려간다

아, 내 사랑 그대

부엉새 그리움의 옛 노래에
둥근 달 옷고름 사르르
이 밤도 슬픈 향 찍어 바른다

온종일 허공에 고독 새기며
흐느끼는 재즈
입술에서 떨어지는 탄식소리
기타줄 쥐어뜯는다

이른 아침
이슬에 비친 얼굴
또다시 세월 빚어 오늘 쪄낸다

무제

숨 가쁜 걸음 멈추고
머릿속 벌떼 쫓으며
다진 마늘처럼
찢긴 마음 덥히어 본다

세월이 전전하며
번개처럼 떠난 곳
마음속 거울만
오롯이 흰 머리 비춘다

한올 한올 빗어 넘길 때마다
시원한 바람과 햇살 수다 떨며
시간을 연주한다

발걸음 멈춘 흰 구름
가을 떠나보내며
애절한 서정시 읊고
마음속 울바자 그늘
고요히 옛일 새기며
낙조 앞에 고개 숙인 해바라기
침묵의 형벌 받는다

커피점

가슴 파고드는 햇살 한 오리
비칠비칠
테이블 위에 슬픈 미소 그린다

타이타닉 이야기
아메리카노 맑은 숨결 움켜쥐고
이슬 맺힌 세상 가라앉힌다

무기력한 도끼날
그림자 벌떡 일으켜 세워
시간 조각하며
컴 전원을 끈다

찰칵 소리 나는
그림자의 이빨
흔든다

등(燈)

새색시 문설주에
맑은 눈빛 걸어놓고
정다운 눈매 깜빡깜빡
시계추 매달리네

고요한 밤하늘
사륵사륵 톱질하며
사랑노래 기적 울릴 때

마음속 기다란 터널 꿰뚫고
비춰오는 헤드라이트

밤무대에 울려 퍼지는
화려한 메아리
심장 판막에 메아리 새기어 넣네

깨달음

잠재우는 고독의 무성함에
거친 향기 나부낀다
화사한 기억
줄 끊긴 악기 되어
멜로디로 가락 튕길 때

한 장 낙엽 마른 미소
새파란 하늘이여
저무는 마음에 달빛 고여 와
등 쓰다듬을 때

여윈 영혼 골짜기에
해넘이가 눈 감고 가네

삶이란

오동나무 발레는
시간의 풍화
바위에 새겼다

손가락 새로 빠져나가는
두려움의 꼬리
시내물이 헹구어 길 묻는다

날아다니는 나비의 날갯짓
숲속 길 안내하는 축제가
한숨 꺼내 말린다

은하수

시름 앓던 기다림
투명한 하늘에 깍지 걸고
옛 추억 더듬는다

어둠 깃든 쪽빛 하늘
서서히 돋아나는 별버섯 딸 때
아련한 기억 깜빡
줄넘기 신난다

이른 새벽 수줍은 새색시
살포시 고개 들면
격정과 낭만의 쪽배
또다시 바둑알
만지작거린다

시방

손바닥 위에 웅크린 이름
기지개 켜며 비칠비칠 걸어 나온다

기억 잃은 옛이야기
그리움 물고 잠수 타면
과거 내사 깁고 기워
째진 그물의 꼬리

비릿한 추억 미소 건져
지천명 십자수에
은빛 가루 환하다

나란히

깜빡깜빡 빨노초 급촉한 숨결 속에
해맞이 해넘이
감미로운 키스 황홀하고

나란히 누워 얼굴 부비는 가옥들
오동나무 잠재우며
하루의 작별인사 나눈다

고요는 어둠 속에 헹구는 슬픔 지켜보며
초롱초롱한 눈빛
오페라의 한 장면 찰각찰각 입력한다

인제는

귓가를 파고드는
귀뚜라미 울음소리
낯선 화음에 부드럽게 반죽하여
오븐에 구워내고

가담가담 다가와 첼로 치는 삼각김밥
아이스커피 쓴맛에
슬픔 녹여낸다

체에 밭쳐 보슬보슬 섞은
입안 가득 설기떡 향
시루에서 소복이 담아내면

비행운에 비친 노을빛
싱크대 위에서
불타는 꼬리 즐겁게 방황한다

배반

보석 잃어버린 그림자
그리움 헤쳐
이름 석 자 고른다

봄햇살 가슴 간질여
잠든 영혼 깨우면
새벽이슬 촉촉이
꽃입술 만지어 주려나

노을 찢어 입에 문
무지갯빛 신기루
등 돌린 그림자
손톱에 찢기어 있네

행복배터리

그리움 연 날린다
머리 위로 나는 새들의 윙크
구불구불 산길이
미소 받쳐 올린다
언뜻언뜻 낯익은 운동장
추억의 빨랫줄 나붓거리고
감미로운 동년의 그림자
귓등 간지럽힌다
스르르 풀린 이야기보따리
간밤 뭇별 또렷하던
흉허물 벗기니
아침해 철렁 그물에 걸려
찰랑찰랑
잔 비워 간다

비녀

은빛노을 올올이 감추며
아미 숙인 옥잠화
비취도 진주도 없이
지난 세월 칭칭 감는다

단옷날 창포 뿌리
곧은 마음 깎아
쓰르라미 등에
온도 적는다

손가락 마디마다 파인 설움
주름 위에 넋 얹어
떠나보낸다

고향정

숨 가쁜 약속 깍지 걸며
한겹 두겹 벗어놓고
떠난 세월

섬뜩한 새벽 와 닿는 소리에
이불 여미며
끝도 없이 따라오는 짭짤함
찌개로 끓는다

동구 밖 그윽한 눈빛
푸른 하늘 꼬챙이에 꿰어
상처 입은 쓸쓸함 허공 새기며
울바자 허리 감싸 안은 나팔꽃
구성진 노래 부른다

배려희복합상징시집 · 행복배터리

그렇게

어스름 달빛
맑은 하늘에 입 맞추는
꽃나무 지켜본다
밤새 보슬비의 축복에
시샘이 불면한다

이른 아침
커다란 거미줄에 매달린
질펀한 이야기
한낮을 출렁댄다

달이 어지러워 구름 뒤에 몸 숨긴다
멀리서 베토벤의 운명교향곡
재편곡에 땀동이 흘린다

아침시장

사구려 소리가
새벽 네 시를 겨냥한다
태엽 감는 심장
저렴한 데생
화살촉에 매단다

길게 드리운
구석진 하루의 음영
모탕의 약속이 온돌의 따스함
디자인한다

대야에 담긴 눈빛 한 덩이
스무 살에 덩그러니
얹히어 가고
찬바람 감아쥔 지팡이
병든 제방
노을로 취해 눕는다

소고기 매장 구석마다
옴츠린 오르막길 코골이
한낮이 질주하며, 구겨진 미소
폈다가 접는다

샤틴[薩丁婚]

소나기와 무지개의 감미로운 사랑
무아지경 활활 타오르다
미소 머금는 지천명

아프리카 사막에 묻힌
샤틴, 밤 밝혀
빨간 홍조 나무에 걸어놓고
달빛에 그림자 즈려밟는다

저녁노을 눈부신 도자기
차곡차곡 담긴 소박한 꿈
사랑의 누룩이 맛있게 익어 간다

기침 깊는 승자의 하루

상처투성이 박사모
눌러 쓰고
상패는 누런 미소 번뜩인다

마당 쓰는 감시안경
확성기 삐죽 얼굴 내민다
시험지 위를 달리는 생명수 노래
시간의 끈 잡고 쏙 빠져나간다

반경의 아픔은 줄달음치는 고요
허리 동여맨 아지랑이
녹음방초 잘랑잘랑
볼륨 높인다

사랑은 미소와 함께

물보라 핑크빛 뒤집어쓰고
황홀한 미소
꿈속 달린다

바람이 향기 감아쥐고
어슬렁 기슭 오른다

바다와 속삭이는
세월이 꿈 부장시키며
소녀의 부푸는 가슴을 연다

고향집

뒤울안 배꽃웃음
하얗게 하늘 덮고

기억의 어깨춤
빨랫줄에 들썩인다

장독대 항아리
삭은 세월 향기롭다

등 굽은 할머니
동네마실 나가시면
홀로 남은 초가집

입을 하 벌리고
코 골며 늦잠 자는
강물소리 듣는다.

잠시 지휘봉 내려놓고

의자 위
상처 난 마음
기적소리 삼킨다

수십 번 자르고 봉합하며
성난 우뢰 요란한 랩
열창을 반죽한다

쿨한 미소 짓는 헤드라인 불빛
머얼리 보금자리 들추고
방울방울 빗방울
악보 위에 폭포 되어 쏟아진다

지휘봉 따라 들쑥날쑥
시공간 넘나들며
신나는 힙합으로
아찔한 이 밤

달리고 두드려도
인생은 어느덧
교향악이다.

어느새 그대를

주름진 세월
한 장 또 한 장

엄마의 하얀 미소
가지에 걸렸다

하루가 얼룩 지우고
아련한 새벽이, 아픔 들고
무지개 칠해 가면

해쓱한 마음
아지랑이 잡아타고
봄향기 빨갛게 전한다.

꽤 닮아 있는 그림자
매화로 곱게 핀다

이름

저음의 합창 들려오는 바람소리
근심의 호수에 빠졌다
마음속 몰래카메라
기억 꺼내어 보며
그늘 지운다

흰 살결 드러낸 목련처럼
따뜻해지는 눈가에 큰 울림 달고
불안의 속도 늦추며
나무늘보 재채기로, 삶의 속도
브레이커 밟는다

빛이 도사리지 않는 곳에서
희망이 뭉클
가슴 포옹해 준다

밤행열차

심야(深夜)가 노래 연주한다
오선보엔 수두룩한 휴지부
추억이 커튼 드리우고
슬픔에 얼룩진 목소리 만진다

허스키한 어둠이
적막 찢고
마음속 깊이 울려대는 랩
몇 시간째 무한반복 씹는다

드디어 잠자는 고요
의자에 기대어
첼로의 현을 조율한다

낡은 일기장에서 따온
새벽 명상곡
뜯긴 오선보 맞추며
그림자 쫓는다

오케스트라 솔로의 화려함
또다시
다이아몬드 부착한다

마인드맵

승냥이에 쫓기듯 아침이 커튼 열면
안절부절, 속도들이 마주 앉아
초조함 씹어 삼킨다

햇살이 아쉬움 말리며
통화버튼 누르니
귓가에 들려오는 따뜻한 메아리
바람이 꺼칠한 살갗 부빈다

조약졸
별빛 따라 맘속 와사등 켜고
한 줄 시를 만난다

마음 똑똑 노크해 보며
나무늘보가
앗취~ 앗취~
지각하는 봄마중에 나선다

별빛에 그네 타는 바람

- 친구를 그리며

들려오는 바람의 노래
기억 깁는다
주르르 삼십 년 전으로 미끄러져 가는
조음기 건반

너부죽한 네 얼굴
백엽창(百葉窓) 들어올린다

들이닥치는 아침햇살
뒤로 벌렁
나자빠져
들꽃으로 웃는다

눈[雪]

커다란 종이 위
낯선 화음 지우며
보송보송한 이야기들
기억 짠다

건조한 이야기 하나 둘
포근히 껴안으며, 일기장
크레용 색감 고른다

비쳐드는
햇살의 내음
머뭇거리는 봄이
하얗게 굴러온다

사랑은 늘 내 곁에
- 문득 외할머니를 그리며

빙빙 돌던 하트
눈길 멈추고
빛나는 가슴에 과녁
사랑 안고 꽂힌다

안개 속 그리움
스멀스멀 눈물꽃 피우고
흘러간 세월
손 젓는 옷대

동년이 걸려
추억 말린다

파
옥수수…
맛있는 슬픔 우르르
미소 짓기에

그냥
싣고 오는
행복 바이러스

햇살

눈까풀 들어올리는
얄미운 눈총
백엽창에 붙은 오선보 뜯어 만지며
저벅저벅 몸 개어 올린다

나무에 걸린 사랑의 멜로디
아침햇살 지휘봉 휘두르면
느슨하던 마음의 현
톡톡 팅기어 준다

나란히 마주 보며
꿈의 앞섶 헤쳐 보는 마당
살갗 부비는 출근길에
새로운 힙합 몸 흔들어대며
편곡을 마무리한다

유정세월

잘 발효되어
팅팅 부어오른 시간
쪽문 열고 젊음이 들어온다

새벽 공원 벤치 위
마법에 빠져든 신기루
육아의 회오리에
25시 밀담 찢어 나눈다

어느덧 흰 서리 어루만지며
젊음의 레일 위에
편지 쓰는 추억의 그림자

긴긴 겨울밤 연주하며
따뜻한 털실로
사계절의 이야기를 짠다

오월

시간 열고 걸어가는 그림자
침묵이 발자국 재어 본다

윤회 속에 짙어가는 봄 색깔…
반쯤 눈금 세월에 물들어 간다

또다시 감아쥔 향기
방울방울 새소리 수놓아 간다

어마나

백만 개 스카프
춘삼월 손목 잡고
별 총총한 하늘 진하게 포옹하며
우아한 낙하 꿈꾼다
소녀의 올롱한 눈망울
무지개로 솟아나
봄의 서곡 연주하는
자연의 몸짓
봄 떠인 울 엄마 봉숭아 꽃잎에
향기가 아미 숙여 핀다

배련희복합상징시집 · 행복배터리

마음의 선물

추위에 어깨 움츠러들 때
시간의 사막
오아시스 찾아 헤맨다

낮아진 어깨 너머로 들려오는
따뜻한 메아리
손 뻗으면 닿을 알람 되어
잔소리 구석에 촛불 꽂는다

냄새가
상처와 외로움 세탁하며
보송보송 슬픔 말리어 간다
지천명, 마음의 선율에
휴지부 그려 넣는다

별

창밖 빗소리 숨 가쁠 때
시간은 두 볼 부비며
기다란 향기 가위질한다

차곡차곡 쌓인 소녀의 꿈
삶의 젓갈로 발효되어
맛의 교향악 연주할 때

레일 위 고요한 발자국
마음의 진주 만지며
후두둑 후두둑
추억의 그물에 떨어진다

너를 알고부터는

톡톡 튕기는 손가락의 매질에
마음의 소리 조용히 걸어나온다
낮과 밤의 괴롭힘

숨죽이고 있던 명암
살그머니 색옷 갈아입고
힙합으로 몸 흔들어 댄다

시간의 회전목마에 앉아
오선보 속 동화 이야기 읽어 간다
흑백 건반 위 손가락의 떨림…

미소

쪽배에 실은 옛이야기
어줍게 마주 앉아
추억, 노 젓는다

손 뻗치면 잡힐 듯해
총총한 별 만지작…
마음의 지도 그리며
자리 찾는다

막걸리 한잔에
발효된 그리움 돌아서는데

등 굽은 고향 투박한 손 내밀며
입가에 걸린 시 한 수 벗겨
두 손으로 건넨다

소인국엔 난쟁이가 없다

은은한 눈빛 매만지는 작은 손
가랑비 내리는 뜨락 쪽걸상이
낭만 부리운다

입생로랑 째려보는 루이비덴
샤넬의 요염한 입술 훔쳐보는
고요가 받은 시간의 선물

오선보에 기어올라
침묵의 값진 시간
발효시킨다

초콜릿케이크 팥죽 부러워
녹아내린다
고즈넉이 사치의 탄생이다

폰&시

뜨거운 심장 손바닥에 올려놓고
초조한 마음 끓인다

작열하는 우주 들여다보며
25시 헤집는다

끝임없이 펼쳐지는 성대한 연회
요리마다 듬뿍듬뿍 고독 뿌리고

멍 때리는 짧은 활시위 당겨
잔 속 제 얼굴 들여다본다

뒷모습

슬픔과 행복 동동 띄운
담담한 빙수 원샷하며
별들 사이 바장이는 밤

저 별 속 24시 이야기에 귀 기울이며
노을은 매일 우아한 바다 속
점프 연습한다

고통과 열정 집어넣은 배낭
여행의 노선
그리고
감응의 비밀번호
등에 새록새록
새겨 넣는다

삶이란

오동나무 발레는
시간의 풍화 바위에 새겼다

손가락 틈새로 빠져나가는
두려움의 꼬리
시냇물 헹구어 길 묻는다

춤추는 나비의 날갯짓
숲속 길 안내하는 축제가
한숨 꺼내어 말려 둔다

추락(墜落)

- 투신동영상을 보고

19층 빌딩의 아우성에
새벽은 깨졌다

비명에 반죽된 공기
피비린 침묵 지켜본다

성큼 다가서는 입추
공포의 폭우
다섯 손가락 쫙 뻗친
낙엽 한 장 찢어 버린다

가슴이 붕대 감은 사연
초록빛 그리운 별찌의 한(恨) 되어
그 옛적 종소리 서너 점
파랗게 친다

멍에

손풍금에 고인 슬픔
소중했던 날들 숙성시킨다

철썩이는 파도소리 자르는 갈매기
부서지는 음표 쫀다

백사장 귀여운 물장구
커가는 그림자
넘어지는 아픔이 미소 짓는다

오늘도 울리는 바다의 교향악
분주한 삶의 연주
밀물 썰물 신나서 주절댄다

옛 사진

빛바랜 세월 튀어 나와
순간 올올이 땋는다

폭소에 젖은 포즈
슬픈 눈가에 옛 얼굴
태어남 비잉 돌린다

눈굽 적시는 스마트폰
거슬러 노 젓고

해넘이에 걸린 그리움
이슬 맺힌 가슴

잠수가 깍지를 건다

누드모델

돌담 위에 엎드려
볕쪼임 하는 넝쿨
목덜미가 눈부시다

엉덩이 치켜드는
김장독
연분홍 코드 속
빨강 목도리

꽃망울이
익어가는 쪽문 열고
가을동화 입술로
만남의 호흡 갖다 댄다

어부

떠돌다 지친 뱃사공
지나온 삶이 그물 당긴다

선반 위에 쏟아지는
조각난 심령들
무수한 선택의 퍼즐 속
마음 자락 펼쳐
그림자 찾는다

먼발치에서 미소 짓는
투영 꺼버리고
눈초리에 잔뜩 움츠린
반뜩임, 안개비가 내린다

저녁노을

모든 것이 생략되었다
얇은 서리 주름 잡는
백지장의 하품
유치함이 세월의 갈피에 색 올린다

고집하는 해님의 미소
다육(多肉)의 혼 천 년 고독 떨치며
여인의 고름에
슬픔 빚어 꽃 피운다

타오르는 향기
냄새는
빨간 숨결 톺는다

아침의 가슴 열며

남방의 목단, 영춘화
노긋한 마음 구워낼 때

북방의 시월은
새벽하늘에
숱한 미간 얼려 붙인다

어둠의 깃 사이로
고요히 삭는 아픔
일출 맞는다

생명의 잉태
풀숲에 내려앉아
꽁꽁 언 그리움
둥근 미소로 낳는다

인생은 나그네길

뮤지컬 연주하던 얼굴
마침표 찍고
서랍 속 지난 이야기
가슴 비운다

시간의 솥
작은 위로 덥히며
흐느끼던 겨울바람
꼬리 감춘다

햇살 한 줌에
비탈길 덜컹이며
뒤안길에 쌓인 허무의 날가리

깨달음의 미소가
오늘의 흘림 살며시 포용한다

고향 같은 포근함
또다시 신록의 잎새
피워 올린다

미닫이

들쑥날쑥 시공(時空) 넘나들던
하루가 퇴근하면
웅크리고 있던 침묵의 그림자
거친 호흡 시작이다

옷걸이에서 흘러내리는
쉬어버린 계절 묵묵히 지켜보며
하품이 아가미 여닫는다

조색판에 잠꼬대 긁적이며
창 너머 익어가는 세월 그려 본다
낯익은 발소리가
오늘도 일력 한 장 번진다

아내의 11월

신호등 장미 되어
행복의 손수건 흔든다
달음박질하는 세월
풀벌레 마지막 노래 엮어 매달아 두면
가랑잎 부서지는 가을 서정
손에 들고 읽는다
머리 들어 구름 바라보며
예쁜 눈송이 잉태하는 오르골[音樂盒]
손잡고 나란히 세월 꺼내어
송알송알 닦는다

반쪽인생

가을숲 삼킨 호수
고요가 무르익는다
도취된 하늘 점프하는 모습

눈동자 담은 짙은 사랑
마음의 그림자 싣고
하얀 돛 올린다, 백조 한 마리…

지켜보는 단풍잎 촉촉한 눈빛에 젖어
바람 한 올 산산이 으깨지다가
도닥도닥 어루만지는 엄마의 손길
해맑은 눈빛에 윙크 보낸다

시간의 틈서리에
머리칼 물들이는 계절의 숙명
인생의 쪽배가
말없는 풍경 껴안은 채
노 저어 간다

위로

긴긴 밤 칠흑 헤쳐
나무뿌리가 기어간다
거울이 소묘하는
세월의 연륜

외로운 심정 옷걸이에 걸리어
후회의 침묵 말린다

무너진 어둠 속에 닫혀 있던 시간
살며시 깍지 걸며
마음의 보석, 빛 뿌린다

드디어
히말라야 산정에
또다시 옻칠 올린다

타향

상처 입은 영혼 비틀거림이
나무에 걸터앉는다

이끼 낀 돌담
파도소리 반기는 조개껍데기
우주로 통하는 어둠에
황혼이 젖고
사라지는 안개…

먼지는 멀어져 가며
색 올린 나이테에
옛이야기 적어넣는다

눈물의 맥박
빨라지는 별찌의 호흡이
꽉 움켜져 있다

시각

흔들리는 삶의 레일 위에
달리는 새날
그물 잡힌 하루

황혼 건지는
한 마리 새가
어부 가슴에 묻힌다

등 뒤로 흐르는 노을의 미소
끝없는 기다림 속에
그림자 기억 벗어버리고

뜨겁게 불타던
시간의 심지
뻑뻑
아늑한 인생 태운다

시간을 갈며

맷돌이 빙빙
오늘을 사색하다가
시간의 언어로
고민 풀이한다

덜컹덜컹 불협화음
콩비지 부드러움에
감미로운 고향가
잔잔히 들리어 준다

빙글빙글 세상사
원무곡 하얀 치마에 들려
새날의 황홀함
또다시 날개를 단다

세월의 조색판
끝없이 색감 만들어간다

퍼포먼스[表演]

씨줄날줄에 매달린
이야기
줄 끊어진 슬픔
추녀 끝 이슬로 매달려
회억의 잔해 깁는다

현혹의 풍경으로
하루를 마무리하는
기다림과 잃음의 날개

거미줄이
시간 삶는다

첫눈

말라버린 도시
귀뿌리 언 나무의 떨림 위에
겨울, 부서져 내린다

붕대 감은 가슴
멀리 떠나버린 시간 아쉬워
오동나무 붙잡고 바람이 운다

거미줄의 하얀 미소
빛바랜 꽃으로
넋 잃고 춤춘다

익은 가을 내리우고
또다시
파릇파릇 봄의 기억 더듬는 사이

기다림 소복소복
주소 없는 편지로
내려 쌓인다

김장

세월이 꼬리 감추면
가슴 메우는 얼얼함
옷깃 파고든다

불타는 저녁노을
별들의 이야기 보금자리 풀어갈 때
숙성해가는 삶의 노래

추억이 꽁꽁
겨울 추위 덮는다

믿음의 울바자

촘촘히 엮은 낯선 미소
변명의 그림자 감추며
얼기설기 그물에
줄임표 찍는다
색 바래 썰렁한 불신의 흔적
고목에 커다란 연륜 긋는다
아련히 젖어오는 추억
심야의 조각달
그날의 에피소드가
초라했던 과거 지운다
존재의 무게 앞에 촐랑대는
우주의 스페셜 공연
파도 들어 가슴 적신다
24시가 선물한 고통 앞에 무릎 꿇는
걸음 멈춘 흰 구름
숨 가쁜 약속이
깍지를 건다

그리움 두드리며

깃을 편 여객기
유리창에 그린 오선보
그 위에 발레 추는 참새들의 음표
뙤창문 너머
고향의 노래가 성큼 다가선다

울바자 깔락뜀에
복숭아 향기 절구춤 추고
앞치마에 담긴 깻잎
들 가로지르는
캥거루의 숨찬 그림

허공에서 퍼즐 맞추는
무수한 섬광이
밤이슬 눈빛으로
낡은 앨범 단장하며
추억의 현 살며시 튕긴다

예쁜 척

허영의 목걸이
치렁치렁
오페라에서 고향시 읊조리는
르와젤 부인 걸어 나온다
성에 낀 유리창에 추위 묻혀
신기루 그리면
과녁에 꽂힌 시간, 회환의 덫에 걸려
투명한 포장지
겹겹이 감싼다

※ 르와젤 부인: 모파상 「목걸이」 여자주인공

12월의 선물

희부연 일상
책상 위에 구겨져
끄덕끄덕 조는 사이
두터운 추억 포옹하며
ㄱㄴㄷㄹ…ㅏㅑㅓㅕ…
하아얀 우리 글꽃 날아 내린다

비단 감싸는 부드러운 다독임
따뜻한 꽃씨 되어
마음의 파종 준비한다

발자국에 고인 슬픔
신비의 동화 속 이야기로 물들어
온 세상이 하얗게 웃어주는 순간
또다시 커다란 벌집, 입 벌린다

눈의 이별

하얀 굴레 씌우며
그리움 다가와
노크를 연다

곤두 박힌 슬픔
고드름 애무하고
파도와의 줄다리기
한 송이 상념 위에 출렁인다

나무뿌리 굳은 약속
언 땅 밑에 웅크려
옛 리듬에 몸 맡긴다

외로움의 시간 눈부시게
지평선 핥는다
12월의 종소리에
평화가 깃을 친다

마지막 포옹

힘든 채찍 절망 후려칠 때
그늘에 박힌 햇살 몇 오리 뽑아
아련히 떠올리는 추억의 미소

잔에 떨군 기쁨 한 방울
담벼락 넘는 담쟁이인 양
어두운 기억 저편 문 열고
인생수업 경청한다

자맥질하는 2020년
화실 문고리 잡은 피카소가
또다시 히말라야 산정
길 안내 한다

드디어

헤드셋[耳麥]의 유혹에 갇혀
폐허 속으로 흘러가는 25시

스쳐가는 계절의 손목 잡은
애나무의 몸부림
방 안에 신호등 켠다

유리창에 매달리는
투명한 메아리
흠칫 돌아서는 의자

글자들이 기어간 자리
그제야
눈동자에 담는다

끼룩끼룩…
가을이 입안을 맴돈다

새해를 열며

꼭꼭 씹어 삼킨 나이
노크하는 밤 멜로디
별이 안경알 닦는다

조각난 마음
빛깔 녹이며 새기는
풋풋한 역사

나무의 아픔에도
귀 기울이는 소망
또다시 꿈 심는다

2019년 12월 1일
칵테일 하루가
주머니를 연다

가는 세월

푸른 정열 허둥대는
숙성의 계절 엮어
잠결에 얹어 둔다

찬바람 잉태한 약속
굴렁쇠 꺼내어
절렁절렁
기억 굴린다

한겹 두겹 벗어버리는
단풍잎 숙명
쑥스러움 새겨, 안녕 두 글자
하얗게 날린다

정취의 살결
애달픔이 고루 만지면
연지곤지 찍고
바람, 바람 시집가는 날…

립춘

이른 새벽 꼼지락에
돌아눕는 풀내음
애기손 편다
잠자던 계절의 태동 들숨 쉬며
전원의 교향곡 개시한다
시간의 화살에 꽂힌 쥬피트
나무가지에 앉아
다소곳이
봄의 노크 기다린다
똑똑
얼음 뚫는 복수초
연두색 잎눈 깜빡이며
사람향기 솔솔
따뜻함 찍는다

울바자에 아미 숙인 채송화

시쿰한 길바닥의 소음
조잘조잘 시냇물
조용히 암향 헹구어

낮다란 사립문에
걸쳐놓은 꿈
물결에 웃음소리 실으며
거리의 슬픔 닦는다

달콤한 꿈속의 햇살
아롱진 이슬의 괴로움
봄의 길이 재어 간다

단 한 번뿐인 생명
계절의 긴 밤 밝힌다

패랭이꽃

서두름 없이
반쯤 숨어 지켜보다
그제서야
부르는 별의 노래

흰구름의 속살 파고들며
눈물 고이던 편지
자잘하게 녹아든
할머니 웃음으로 부서져
산속에서 꽃잎으로 눕는다

진홍빛 그리움에 얼굴 적시며
저무는 마음에 달빛으로 다가와
향기로운 인생 연주하는
첼로의 메아리

끈적이는 하루의 볼이
안개 타고 미소 닦는다

삼복 · 1

뼛속까지 익은 밤
또다시 시루에 내일 쪄낸다
쓰르람 더위 켜는 소리
낙엽 한 장 그린다

외로운 에어컨 굳어진 미소
하루 종일 시린 사랑 퍼붓는다

몸속 날갯짓 등의 더위 부리며
인내의 폭우 쏟는다

네온등은 이 밤도
행복의 길 묻는다
잠시 잊었던 기억
다시 익은 행복 줍는다

삼복·2

엄마 펭귄 뒤뚱뒤뚱
여름마당 쓸던 날
새 생명 어둠 타고
고고성 울렸다

아픔을 봉합하고
인내를 톱질하며
폭염처럼 쏟아온 자식사랑

삼복철 레스토랑에서
시원한 추억 집어 더위 닦으며
세월의 활시위
생일케이크에 꽂는다

눈[眼] · 1

고뇌스러운 희망 저울질하며
서러운 찬바람
추억의 현 건드린다

시큰한 일상에 묻혀 앞 못 보는 소경
소탕그릇 뽀얗게
안개 속에 사라진다

파편 같은 삶의 유리조각 밟으며
겨울밤 다가오는 소리 뚜벅뚜벅
흩날리는 흰 눈 속에
팔랑 쪽지글 내민다

뒹굴며 얽히다 빠져나가는 담배 연기
지나간 세월 벌떡
몸 일으켜 다가온다

눈[眼]・2

칭얼대는 마라탕도
달래는 귀여움

하루 고까움 구겨
하늘 쓰레기통에 날린다며
의젓한 미소 짓는다

축구의 꿈 먼 들판에
말뚝 세워놓고
힙합 댄스 볼륨 죽이며
허수아비 무극 연출한다

S극 N극
마른 침 삼키는 학원가 소용돌이
죄스러움이 입술 다신다

가을 · 1

발목 잡는 포근함
아쉬움 덮으며
추억의 갈피에 숨어든다

고요한 저녁 하늘
사연 안고 숨죽이는 생명들
가을의 마지막 입맞춤에
서러움 뜬구름에 날린다

가랑잎 사뿐
따스한 몸무게에 실린 풀씨 한 톨
허전하던 마음항아리 잠재우고
그 빛깔 속에 빛을 넣어놓는다

허리 굽힌 반달
우듬지가 환하다

가을 · 2

조용히 흘리는 아름다운 눈물
타오르는 모닥불에
노랗게 구운 사랑
소리 없이 띄워 보내고

멀리 떠난 하늘
나지막한 속삭임에
귀 기울이는데

무르익은 가을 동화
계절의 낭만 수놓으며
새콤달콤 도시락 이야기
푸른 잔디 위에 펼친다

손 · 1

빨간 홍조 나무에 걸어놓고
이어지는 별이야기 속닥속닥
언약의 밤 밝힌다

한 줄기 빛으로 헐레벌떡 넘나든 산
흩날리던 축복의 씨앗 익어
이 가을 풍경 추녀 끝에 매달렸다

십리향에 실려 오는 만풍년의 희소식
또다시 파릇파릇한 기억
허리에 감는다

손 · 2

힘든 마음 저울추에 주저앉아
시린 기억 붙잡는다
짙어가는 그리움의 날갯짓
추억 찾아 깃 편다

밤새워 모아 쥔 세월
가슴 위에 얹어놓고
마음속에 들려오는 빗소리에
추억이 울고 있다

아침해 턱 고이고
뚫어지게 바라보면
이슬 맺힌 거미줄
나침판 되어 미소 짓는다

연근 · 1

어둠 속 언약
해맑은 미소로 빛나던 날
세월의 속삼임
눈부신 매듭 짓는다

접시에 그리는
비움의 미학
행복터널 들여다본다

우주에 품은 달과 별
밥상에 내려앉아
이야기 꽃피운다
파문의 축가
메아리로 잘랑거린다

연근 · 2

방울방울 눈물로
뼈 깎는다
얼룩진 베갯잇
하루 삶는다

드디어 열린 우주
하얀 돛 올린다
흙투성이 모습
입가의 미소 흠뻑 젖었다

미역국이 달마중
꼴딱꼴딱 삼킨다

눈물 · 1

쓰디쓴 괴로움 길어 올리는
우물의 아픔
폭포 껴안은 아찔한 점프

마음속 기다란 터널 속엔
타다 버린 성냥개비
기다란 음영뿐

그리움 녹인 아메리카노 한 잔
파도 위 갈매기 불러
숨결 두르며
바람 한 자락 흩날린다

눈물 · 2

바다 싣고 떠나는 기적소리
덜컹덜컹 설움 토한다
찾아온 추억 한 모금씩 삼키며
고독의 출구 찾아 헤맨다

싱글커피 봄날 복사하며
붉은 신호등 앞에 다소곳이
시간의 발자국 찍는다

빗방울 조용히 옷깃 세우며
미로에서 헤매다
채널 돌린다

※ 싱글커피: 브라질에서 왕의 커피라 불리는 귀한 커피

빙산 · 1

먼지 쌓인 이야기 깊이 감추고
속 깊은 파도
마음 펼친다

일곱 개 심층계단 총총히 밟으며
진실의 베일 벗는다

넋 잃고 들여다본 빙산
그곳에서 꺼내는
마음의 열쇠

볼록한 셔벗[氷沙]에
살포시 묻힌
여름의 팥빙수

행복한 냄새 솔솔 풍기는
달콤한 맛 깊숙이 숨어
먹음직한 삶 훌훌 불며
북극의 봄 식힌다

빙산 · 2

반만년 순정 껴안은
세월의 상처
푸른 유혹 하얀 눈부심
넋 잃고 춤춘다

타이타닉 주제곡
으깨진 금자탑 쌓을 때
요가의 명상
억겁의 고독 꽃피운다

묵묵부답의 묘미가 구름 되어
깃 치며 하늘 나니
떨어지는
또 다른 지구
그 숨결이 철렁
바닷물에 걸린다

석탑 · 1
- 청명에 외할머니를 그리며

한 층
또 한 층
빛바랜 세월의
추억이 잠자는 곳

걱정
말릴 때마다
두려움 건너편엔
늘 그대가 서 계셨지요

이젠
나 또한
반으로 줄어든 삶
추억의 블록 쌓으며

먼 기억
파도에 젖은 하루
시와 별 쏟아지는 밤
차곡차곡 말린 추억 담가 봅니다

석탑 · 2

이맘때면
어김없이 들려오는
그리움의 목소리

허공 바라보며
반짝이는 별빛에
메아리로 화답한다

철썩이는 파도소리에
마음 적시며
기나긴 밤하늘
그리움의 쪽배 타고
긴 터널 저 끝으로
젓고 또 젓는다

시랑의 향기로 보송한
동년의 그리움은
또다시
빛바랜 앨범 뒤적인다

석탑 · 3

그리움의 교향곡
낮과 밤 반죽한다
어둠의 장막 찢으며
낙하하는 폭포
눈물이 사품치며 흐른다
갈매기 울음소리
애절한 번지들의 점프
노 젓는 쪽배 한 척이
뭉클한 가슴 한 됫박 안고
고슬고슬 밥 지으며
그리움 갈아 먹는다

치마 · 1

키 작은 못난이라
하이힐 신지 않는다
조그만 치맛자락
산들바람 손 잡고
봄여행 즐겁다

예쁜 꽃 찾아가는 나비, 질투 않는다
자유 없는 장미 부러워 않는다

모진 세월
고달픔 잊은 채
속 깊은 생명
기나긴 봄 기다린다

가녀린 꽃대
아담한 향훈
조그만 들꽃 한 송이 고요히 피어
봄을 날린다

치마 · 2

하이힐
모르는 난쟁이처녀
스치는 봄바람에
파아란 그리움 묻고
속살거린다

장미도 나비도
선글라스 너머로 창백하다
대지의 커튼 위에
봄날의 서정 수놓으며
다소곳이 봄의 노크 기다린다

모진 세월 주름 잡은
치맛자락
봄의 원무곡에
또다시
빙그르르 펼쳐진다

치마 · 3

나비로 태어날 적
숙명의 미소는 불나방
다급한 목소리
뜨겁고 소란스러울 때
밤 잃은 외로운 날개
허공에서 고독 씹으며
어둠의 추락 꿈 움켜쥔다
아스팔트 딱딱한 기억
삶의 힌트 부릴 때
길 잃은 사람들
큐피드 화살 맞고
향기 찾아 길 떠난다

치마 · 4

한겹 두겹
황홀경이 펼쳐진다

양파 눈물 흘리며 써온
그리움의 편지
소리 없이 읽는다

임 향한 숨결
봄바람에 실어
나란히 손잡고 살갗 부비며
서로의 꿈 들여다본다

꽃잎 열리는 소리
떨어진 봄빛이
뜰을 줍는다

그냥 토요일 · 1

행복의 신기루 쫓아
뛰어온 발자국
절룩거리는 무한궤도
불안의 레일 위에 주저앉는다

태엽 감은 시간
어둠의 침묵 부리고
시루에 고슬고슬한 삶 쪄 낸다

화장함에 담기는
오아시스
연지곤지는 휴가 중이다

그냥 토요일·2

침묵 속에 얼룩진 시간
세탁기가 탈수하고
커피향이 빨랫줄에 걸터앉아
차 마신다

발자국도 없이
뛰어온 한 주일
소파가 기억 다독인다

발레 추는 피아노 다이빙[跳音]
팽팽함이 어둠 당긴다

굴레 · 1

자존심 조각망치
아픔의 무늬 새기면
고통의 열쇠 다가와
과거 소망 깨운다

인생의 무게와 슬픔
파도에 실려
오늘도 내딛는 발걸음의 용기
침묵의 별에서 들려오는
힘찬 북소리

굴레 · 2

덜컹거리는 삶
이따금
버려진 기억
말없이
삶의 등 다독이며
겹겹이
싸인 마음
보석처럼 닦아간다
나이 색감
짙어 가며
빛깔 더해도
시간의 모양은
수천 년
세월의 면도날 세운다

그날 눈은 내리고 · 1

이른 새벽 설향이
두툼한 편지 건넨다
사색의 음악회 막 열고
눈부신 외로움
시간의 비늘로 반짝인다
아스라한 은백의 침묵
그리움의 꽃잎으로 흐느낀다
고요한 눈밭의 통화에
오므렸던 꿈 눈보라 터친다

장의자 그린 굵다란 오선보
삶의 비애 감추고
쓰레기통 위 겨울이 약속 잡고
아름다운 이야기 일으킨다

셔터의 부드러운 다독임
때 묻은 속옷 벗겨져 나간다

 배련희복합상징시집 · 행복배터리

그날 눈은 내리고 · 2

구겨진 시간의 약속
화롯불에 둘러앉아
향기로운 말꼬리 굽는다

사랑도 괴로움도 지글지글 익어가고
엷어진 믿음의 봉투 하소연하며
지난 이야기 밭갈이한다

한 해의 그림자
달력이 시간 노랗게 구우며
나른한 기지개 켠다

그날 눈은 내리고 · 3

고요한 일상
잠든 그림자
부서져 깃 편다
만삭의 단잠위에
쉼없이 지문 찍는
무수한 떨림
미역 빛 그리움 드리우면
사색의 가지가
하얀 이야기꽃 피우는
늘 푸른 아침 향기
세월의 년륜 실북에
허와 실 두툼히 짠다

배련희복합상징시집 · 행복배터리

그날 눈은 내리고 · 4

차디찬 현기증에
찌릿한 조명 내려앉아
붕대 감는다
시내물의 속삭임
그리움 쫓는 발자욱소리
뽀연 먼지 일구며 달리고
커텐이 침대 접으며
홍조 거둘 때
시간의 노트에 기여오른 달빛
어느새 초침의 헛기침소리에
노그라진다
나란히 깃 편 학의 순정
하아얀 비단길에
또 다시, 사랑의 등불
밝히여 간다

후회 · 1

밤새 고요한 늪에 비낀
빌딩의 새벽
구두 굽 소리의 탭댄스[踢踏舞]에
지하철 오가는 환영(幻影)

호수의 백조 되어 자맥질한다
어젯날 앨범 고스란히 만나
어스름 가무러지는 추억 더듬다가
짙게 묻어나는 삶의 향기 훌훌 불며
바이칼 호 미소, 오늘도 사색의 노트 덮는다

※ 바이칼 호(貝加爾湖): 세계에서 가장 깊고 오염이 없는 호수

후회 · 2

맑은 눈망울의 호수
달빛으로 수놓으며
보석처럼 빛나던 밤 이야기
백년언약 등불 밝혀
지천명 비춰 보다
시간의 주머니에 꽁꽁 묶인
엄마의 그림자 꺼내본다

불가마에 또다시 태어난
정월의 마지막 밤
눈 내리는
인생의 플랫폼에서
은혼의 꽃다발
상봉의 벽화에 금빛 낙엽 새긴다

후회 · 3

이른 아침 백설의 성연
고요한 삶의 정물화 펼쳐

사색의 노트 속
실타래 헝클어진다
허공이 연 날린다

유리창에 매달리는 어머니의 눈빛
밥 한술에 얹어 놓으며
목메어 출렁이는 호수
또다시 동그란 미소 짓는다

후회 · 4

짓누르는 진통의 발목이
기나긴 하루
고댕의 조각 닮아 간다

외로운 숨 휘청휘청
풍선 위의 아픈 가시로
브레이크 밟으면

도망가는 삶의 여백
재시동 걸며
감동의 전설 쏟아내던 별무리
시험장에 빼곡히
널그네로 뛰어내린다

후회 · 5

마음의 연륜 토하는 연기
허공 메운다
망설임 문턱 지나
침묵 속에 갇힌다

처마 밑 얼어붙은 추억
하얀 기억 녹이고
새벽 넋두리에 떠오르던
솔향기의 고요
잠수한 지 오래다

기지개 켜는 숲에
그리움 향 부탁하며
커튼 치는 눈서리

세월의 속살 파고들며
예쁜 무늬 새겨간다
또 하나의 오늘이 스캔 잠근다

바이러스 · 1

무고한 햇살 꺾어
공포의 검은 장막 드리운다
아츠러운 새벽의 비명 소리
마스크의 고단함이 숨가쁘다

쫓던 그림자 앗긴채
텅 빈 거리 활보하며
인정의 목 꽈악 졸려간다

삶의 레루우 달리는 향기
밤 새워 모아 쥔 오늘
살며시 깍지 걸고
싱긋한 0시의 입맞춤
가랑잎에 부서진다

바이러스 · 2

스캔하는 24시
고요 짓찧을 때
울먹이던 아침해의 투정질
쏘파에 재잠 든다
창문에 얼룩진 피곤기
세월의 흔적
시간이 미끄럼질 하며 닦는다
변명의 그림자
마스크의 입에 끌려
폰을 잡는다
헐레벌떡 스쳐가는
정월의 손목 만지작 거린다

바이러스 · 3

백사장 울렁이다 드러누운
시간의 파도
밀물처럼 쏟아지다
회오리로 증발 한다
하루밤새 늙어버린
거리의 고독
수심 잠긴 공포의 낯빛
어둠 집어 바른 이야기에
거꾸로 매달려
분주한 아픔 낳는다
마스크에 숨은 미소
안녕의 그림자 벗겨내어
천평위에 올려 놓고
과거가
무게를 뜬다

바이러스 · 4

가로등 목덜미에
내려앉은 눈빛
텅 빈 도시의 옷자락 잡는다
황학루 날개에 묻힌 골동이야기
유령 떠도는 오아시스가
어둠의 어깨 들먹 거린다
시간의 비늘 반뜩임이여
회초리끝에 아픔 찢이지는
바위의 가슴이여
열려 있는
평화의 귀바퀴여
온 세상이 창 활짝, 마음 활짝
열어 젖힐 때
이슬 터는 아침 문전엔
해살이 올올이 춤 추리니...

배련희복합상징시집 · 행복배터리

바이러스 · 5

허공 속 칼부림에
조각난 별밭
레이다의 춤사위
물결위에 추락한다
흐릿한 동공속
빌딩 넘나들며
고요한 기도는
긴 파도 잠재우고
어둠의 장막
하얀 돛에 걷힌다
턴넬 뚫고 달리는
미지의 24시

바이러스 · 6

방황속에 해살 한오리 휘여잡은채
얼굴 부비는 소리
뚜벅뚜벅 거리에 흩날린다
힘없는 바람의 그림자
가로등 부여잡고 휘청이는데
뉴스의 창백한 오늘
창문가에 매달려 할딱인다
참새들 기억 오가며
파란 그리움 쫓는 이 밤
우듬지에 걸린 등대
뚜뚜 고요한 통화 시작한다

 배련희복합상징시집 · 행복배터리

오늘 밤엔 · 1

칭얼대던 폭죽소리
밤하늘 다독인다
밀폐된 창문 두 손 흔들며
마음의 출렁다리 조인다
고즈넉한 사거리 고르로운 숨결
네온등만 념불 중얼대며
어둠의 약속에 아픔 잰다
새벽이 찾아와 눈까풀 드리우며
새날의 장검 뽑는다
수억의 마음 실은 흰옷자락
또다시 힘찬 태동 꿈틀거린다

오늘 밤엔 · 2

퍼올리는 아침 한삽
우듬지에 걸려
하얀 기억 별로 남는다
시린 손 입김 들고
고뇌 날리는 빛살
시골향 여미며 다가온다
외딴 시간과의 긴 동거
낯설고 익숙한
공포의 반죽에 짓이겨
시계의 무한 침묵에
따뜻한 위로(慰勞) 한웅큼
병실 한구석 보석으로 반짝인다

시집을 내면서

지은이·배련희

시를 쓰기 시작하면서 다망한 중에도 잔잔한 평화가 찾아주었고 주어진 하루하루가 소중하게 여겨졌습니다. 바람 스치는 소리에도, 계절 바뀌는 모습에도 감성이 발동되고 문득문득 그리운 얼굴들이 마음에 스며들며 자꾸만 시로 적고 싶어졌습니다. 시를 읊으며 가슴이 늘 촉촉이 젖었고 시가 있어 외롭지 않았습니다. 길을 가다가도 밥을 하다가도 짤막하게 튀어나오는 시어 때문에 하루를 저당잡힌 날도 많았습니다.

고요한 새벽에 심취하며 시를 만드는 일은 고단하면서도 행복했습니다. 외할머니, 어머니… 사랑하는 가족들과 꽃들과 함께 빚은 마음의 노래로 누군가에게 작은 공감을 주고 싶은 마음으로 「행복배터리」를 시집으로 묶어 내놓게 되었습니다.

아직은 야무지게 당차지도 못하고 깊은 철리를 담아내지 못한 시들이라 많은 사람들에게 내보이는 것이 부끄러워 시집 출간은 엄두도 내지 못하였습니다. 그러다 연로하신 부모님들의 열정적인 응원에, 아버지의 흥분에 찬 격려의 문자에 용기 내게 되었습니다.

그리고 이 시집이 볕을 보도록 걸음걸음 이끌어 주시고 부족한 글에도 격려를 아끼지 않으신 김현순 회장님께 깊이 감사드립니다. 예쁘게 봐주심이 동력이 되어 아름다운 시들의 탄생과 더불어 이 시집의 신고식이 있게 된 것이라고 간주하고 있습니다.

끝으로 여러분들 마음에 담고 계셨던 걱정의 한 조각에 답이 되고, 마음 구석에 품고 계셨던 작은 행복에 마음이 크게 부푸는 시들이 되었으면 좋겠습니다. 감사합니다.

2020년 2월 28일

행복배터리

초판인쇄 2020년 02월 14일
초판발행 2020년 02월 14일

지은이 배련희
펴낸이 채종준
펴낸곳 한국학술정보㈜
주소 경기도 파주시 회동길 230(문발동)
전화 031) 908-3181(대표)
팩스 031) 908-3189
홈페이지 http://ebook.kstudy.com
전자우편 출판사업부 publish@kstudy.com
등록 제일산-115호(2000. 6. 19)

ISBN 978-89-268-9877-2 03810